U0052910

香蕉爺爺香蕉奶奶

野志明加／文圖
米　雅／譯

小蕉蕉家裡有五個成員：
爸爸、媽媽、小蕉蕉，
還有爺爺和奶奶。

這ㄓㄜˋ一ㄧˋ天ㄊㄧㄢ，住ㄓㄨˋ在ㄗㄞˋ對ㄉㄨㄟˋ面ㄇㄧㄢˋ的ㄉㄜ蕉ㄐㄧㄠ阿ㄚ珍ㄓㄣ婆ㄆㄛˊ婆ㄆㄛˊ

一ㄧˊ見ㄐㄧㄢˋ到ㄉㄠˋ奶ㄋㄞˇ奶ㄋㄞˋ就ㄐㄧㄡˋ說ㄕㄨㄛ：

「哎ㄞ喲ㄧㄛ！妳ㄋㄧˇ看ㄎㄢˋ起ㄑㄧˇ來ㄌㄞˊ更ㄍㄥˋ成ㄔㄥˊ熟ㄕㄡˊ有ㄧㄡˇ韻ㄩㄣˋ味ㄨㄟˋ了ㄌㄜ！」

「呵ㄏㄜ呵ㄏㄜ呵ㄏㄜ，我ㄨㄛˇ們ㄇㄣ˙彼ㄅㄧˇ此ㄘˇ彼ㄅㄧˇ此ㄘˇ啦ㄌㄚ！」

奶ㄋㄞˇ奶ㄋㄞˋ笑ㄒㄧㄠˋ著ㄓㄜ˙說ㄕㄨㄛ。

2

「看來我們倆
也黃得恰到好處了。」
隔壁的蕉阿順爺爺
得意洋洋的說。

3

不ㄅㄨˋ久ㄐㄧㄡˇ，差ㄔㄚ不ㄅㄨ多ㄉㄨㄛ剛ㄍㄤ過ㄍㄨㄛˋ中ㄓㄨㄥ午ㄨˇ的ㄉㄜ時ㄕˊ候ㄏㄡˋ，
小ㄒㄧㄠˇ蕉ㄐㄧㄠ蕉ㄐㄧㄠ一ㄧ邊ㄅㄧㄢ玩ㄨㄢˊ一ㄧ邊ㄅㄧㄢ喊ㄏㄢˇ著ㄓㄜ：
「嘎ㄍㄚ吼ㄏㄡˇ——嘎ㄍㄚ吼ㄏㄡˇ——看ㄎㄢˋ我ㄨㄛˇ的ㄉㄜ——」
突ㄊㄨˊ然ㄖㄢˊ……

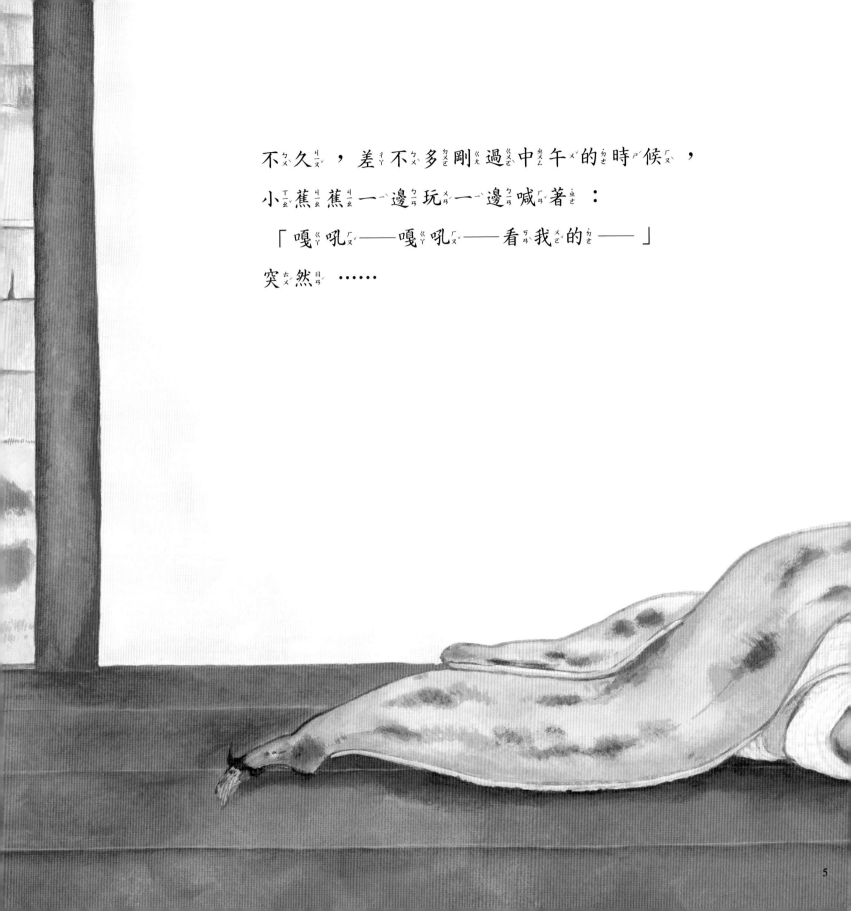

咻ㄒㄧㄡ溜ㄌㄧㄨ——滑ㄏㄨㄚˊ了ㄌㄜ一ㄧ跤ㄐㄧㄠ。

「好ㄏㄠˇ痛ㄊㄨㄥˋ啊ㄚˇ！

到ㄉㄠˋ底ㄉㄧˇ是ㄕˋ誰ㄕㄟˊ？

脫ㄊㄨㄛ了ㄌㄜ皮ㄆㄧˊ

亂ㄌㄨㄢˋ扔ㄖㄥ一ㄧ通ㄊㄨㄥ！」

「哎呀！這是爺爺的皮耶！」
媽媽說。
「咦？那爺爺脫了皮，
跑到哪裡去了？」

「嘩啦——嘩啦——」
這時，從浴室傳來一陣聲音。
「爺爺，你在浴室嗎？」

「是ㄕ啊ㄚ──！」

沒ㄇㄟˊ想ㄒㄧㄤˇ到ㄉㄠˋ出ㄔㄨ現ㄒㄧㄢˋ在ㄗㄞˋ大ㄉㄚˋ家ㄐㄧㄚ眼ㄧㄢˇ前ㄑㄧㄢˊ的ㄉㄜ˙，

竟ㄐㄧㄥˋ然ㄖㄢˊ是ㄕ變ㄅㄧㄢˋ成ㄔㄥˊ巧ㄑㄧㄠˇ克ㄎㄜˋ力ㄌㄧˋ香ㄒㄧㄤ蕉ㄐㄧㄠ的ㄉㄜ˙爺ㄧㄝˊ爺ㄧㄝˊ！

「我已經熟得差不多了，
所以才脫掉外皮，來個大變身。」
爺爺自信滿滿的說。
「今天可是個大日子啊！
不知道奶奶準備好了沒？」
「對耶，奶奶跑去哪裡了呢？」
爸爸說。

「喀嚓喀嚓——叩咚——」
從冰箱的冷凍庫
傳來一陣聲音。
有一張摺得美美的香蕉皮
擺在冰箱前方。
「奶奶，
妳在冷凍庫裡嗎？」

「是啊——！」

從冷凍庫走出來的，

竟然是凍成了冰蕉的奶奶！

「奶奶，妳好美呀！」

「換我！我也要把皮脫掉……」

看到小蕉蕉把手伸到蒂頭上，

媽媽連忙阻止他。

「你還早呢！

要等到變黃、變甜，

才能脫掉你那層皮啦！」

爸爸說。

香蕉不是
一天熟成的
巴那那 圖

突然，
屋外傳來一陣叫喚聲：
「喂！有人在嗎？」
出現在門口的是……

變成香蕉可麗餅的蕉阿順爺爺，

還有變成香蕉牛奶的蕉阿珍婆婆。

「哇！真好看！」

「準備好了沒？大家都在等我們耶！」

蕉阿順爺爺說。

「說得也是，我們得快點出門。」

「咦？你們要去哪裡？」

最後，小蕉蕉跟著爺爺他們

一起出門了。

里民活動中心擠滿了變身後的香蕉爺爺和香蕉奶奶們。

「這是為了慶祝我們變身而舉辦的舞會唷！」爺爺說。

「大家都變得好亮眼啊！」奶奶說。

「哇！太酷了呢！大家都超級好看啦！」小蕉蕉好興奮啊！

當天晚上，小蕉蕉想像著自己變成香蕉爺爺的模樣，呵呵呵的笑了出來。

「我會變成什麼樣的香蕉爺爺呢？」

後 記

外表有點綠的香蕉也挺好吃的,不過最美味可口的還是甜味濃厚的熟蕉。在這個故事中,原本就已經很好吃的香蕉爺爺和香蕉奶奶們,在經歷了嶄新的變身步驟之後,魅力更是大增。在最後的那一幕,好像還有頑固的香蕉就是不肯脫下那一身的皮,彷彿還在強調著:「俺還沒熟透呢!」相信他最後一定能成為第一名的全熟香蕉。而我,將來又會變成什麼樣的香蕉奶奶呢?

野志明加/文‧圖

1978年出生於日本和歌山縣。

繪本作品包括:《爸爸的背》(Child本社)、《天婦羅奧運會》、《好吃的服裝店:甜蜜歡樂舞會》、《好吃的服裝店》、《小草莓,妳在哪裡?》(小山丘)、《動物們的冬眠旅館》(大穎文化)、《交給我!》(福祿貝爾館)、《小布、小霹、小多購物記》、「微笑熊」系列(光之國出版)、《開動了忍術密技》(東本願寺出版部)等。

© 香蕉爺爺香蕉奶奶　　　　　　　　　　　2022 年 6 月初版四刷

文圖/野志明加　譯者/米雅

發行人/劉振強　出版者/三民書局股份有限公司

地址/臺北市復興北路 386 號(復北門市) 臺北市重慶南路一段 61 號(重南門市)

電話/ 02-25006600　網址/三民網路書店 https://www.sanmin.com.tw

書籍編號:S858621　ISBN:978-957-14-6487-9

Jîchan Banana Bâchan Banana
Copyright © 2017 by Sayaka Noshi
First published in Japan in 2017 by Child Honsha Co., Ltd., Tokyo
Traditional Chinese translation rights arranged with Child Honsha Co., Ltd.
through Japan Foreign-Rights Centre / Bardon-Chinese Media Agency
Traditional Chinese translation rights © 2018 San Min Book Co., Ltd.

小山丘官網